1985 年夏天，陪父母游览承德避暑山庄

1985 年，陪父母在北京游览

1996 年，太原郊区

2018 年，草原草根物流会

2018 年，参加第三届中国智慧物流品牌日峰会接受采访

2024 年，中国有色金属工业协会贸易物流分会成立大会暨 2024 年（首届）
中国有色金属行业贸易物流高质量发展论坛致辞

2007 年，访问北欧四国。前排右三为作者

2007 年，摄于芬兰

2001 年，摄于日本东京

2012 年，摄于夏威夷

2020 年 6 月，考察青岛日日顺物流智能无人仓

2019 年，出席（第五届）全国货运物流行业年会讲话

2021 年 9 月，北京交通大学研究生接收仪式

2023 年 3 月，中国物流集团有限公司调研

2023 年，参加湖南省 2022 年度物流行业年会

2024 年 3 月，主持国家物流枢纽建设推进会

耕耘三部曲

诗

贺登才 著

中国财富出版社有限公司

图书在版编目（CIP）数据

耕耘三部曲.诗／贺登才著.--北京：中国财富出版社有限公司，2025.5（2025.7 重印）.

ISBN 978-7-5047-8420-9

Ⅰ.I217.2

中国国家版本馆 CIP 数据核字第 20254R5W25 号

策划编辑 朱亚宁	责任编辑 王　君	版权编辑 武　玥	
责任印制 尚立业	责任校对 庞冰心	责任发行 杨恩磊	

出版发行 中国财富出版社有限公司

社　　址 北京市丰台区南四环西路 188 号 5 区 20 楼　　**邮政编码**　100070

电　　话 010－52227588 转 2098（发行部）　　010－52227588 转 321（总编室）

　　　　　 010－52227566（24 小时读者服务）　　010－52227588 转 305（质检部）

网　　址 http：//www.cfpress.com.cn　　**排　　版** 宝蕾元

经　　销 新华书店　　**印　　刷** 宝蕾元仁浩（天津）印刷有限公司

书　　号 ISBN 978-7-5047-8420-9/Ⅰ·0385

开　　本 787mm×1092mm　1/16　　**版　　次** 2025 年 5 月第 1 版

印　　张 33.5　彩插　1.5　　**印　　次** 2025 年 7 月第 3 次印刷

字　　数 517 千字　　**定　　价** 168.00 元（全 3 册）

前　言

在我 58 年的职业生涯中，从工作地域来说，主要分为山西省内（县、地、省）和北京市两个大的阶段。在北京工作了 26 年，我用《物流三部曲》做了小结，仍感意犹未尽。于是，着手对前 32 年间的文稿和经历进行搜集整理，选取那些尚能追忆、可寻觅且具价值的精华部分，编入《耕耘三部曲》，作为对自己职业生涯的全面回顾与总结。

《耕耘三部曲》分为《忆》《文》《诗》。其中，《忆》采取自传体笔法，记录了我对早年经历的回忆。因年代久远且资料缺失，所选人与事难免存在遗漏和错讹，但基本上反映了我的工作轨迹和成长历程。《文》主要收集了我在生产队及县、地、省工作期间发表在各类媒体上的文章。我自幼喜爱创作打油诗，但多数没有留存下来，《诗》中收录的是 2016 年以来能够寻觅到的精华部分。这些诗在字数、押韵方面尚可，但在绝句、律诗等传统诗歌基本格式的遵循上存在明显不足，仅能被视作"顺口溜"罢了。

两个"三部曲"得以顺利出版，首先要感谢这个伟大的时代，为所有人提供了施展才华的舞台和交流心得的机会；感谢在我工作过的各个地方、不同阶段，以不同方式给予我关心、帮助与激励的人们，我每一次的成长与进步，都离不开众人的帮扶；还要感谢为本书收集资料的同事，以及中国财富出版社的领导和编辑团队。他们一次次与我沟通交流，不厌其烦地核实细节、润色文字，才使稿子得以成书面世。

　　把接近一个甲子的职业生涯全面准确地展示出来，绝非易事。由于年代久远，许多资料已然遗失，加之个人能力及精力的限制，书中难免存在错漏与疏忽之处。在此，恳请读到本书的读者朋友批评指正。

2025 年 4 月

序

我从小就喜欢舞文弄墨，可惜年轻时不注意作品的收集，许多作品已散失。直至 2016 年，我才开始有意识地保存自己的作品。取其精华部分，共挑选出近 300 首。

有的记载了我的工作行程。例如，《濮阳（二首）》中所写的："朝辞北京日初升，暮宿濮阳有暖风。"又如，《园区建设看江苏（四首）》中所写的："长江两岸度金秋，专家团队再聚首。"再如，《江苏省物流园区评审随感》中所写的："会议结束赶路程，运河两岸熠生辉。抵达阜宁天向晚，抬头仰望明月升。"有一次，我们用一天时间走访了两个地方，考察了三个园区，我如实记下了当天紧张的工作节奏："云龙湖畔迎朝阳，花果山下送晚霞。风驰电掣评审组，一日两地三朵花。"（《江苏物流考察随想》）

有的属于演讲或致辞的一部分。在上海证交所参加德邦物流上市仪式时，我写下："羊城起步岁月稠，浦江锣声爱物流。小荷才露尖尖角，喜看德邦争上游。"（《喜看德邦争上游》）在内蒙古大草原上，我和几位草根创业者围坐在一起，在蓝天白云下举办草根物流会，畅谈物流创业的艰辛与希望，我感慨万千，写下："有缘相会在草原，情真意切天地间。畅所欲言物流事，用心牵手齐向前。"（《草原草根物流会》）在青岛参加日日顺物流创客训练营开营仪式时，我吟诵道："岛城七月热浪涌，物流创客喜相逢。今日相聚日日顺，拥抱未来路路通！"（《今日相聚日日顺》）参加公路运力发展大会时，我写下："春城昆明现秋意，公路货运开大会。眼观物流风云起，快步追赶新格局！"（《公路货运开大会》）参加中国物流学术年会跨年会时，我创作了："航空港湾议物流，如意湖边交朋友。思想盛宴细品味，美好记忆心中留。"（《美好记忆心中留》）参加军事（应急）物流研讨会时，我写下了："百年变局不太平，居安思危敲警钟。应急物流准备好，平安中国稳步行。"（《平安中国稳步行》）

也有的是触景生情、有感而发。例如，参观岳阳楼后，我重温先辈的诗句，写下了自己的感想："烈日炎炎岳阳楼，千古绝唱进退忧。待到庙堂见高处，物流江湖有诉求。"（《物流江湖有诉求》）在江苏阜宁县，我留下这样一首诗："一觉醒来百鸟鸣，红房绿树画中行。金山银山诚可贵，绿水青山看阜宁。"（《江苏省物流园区评审随感》）游览湘西凤凰古城时，我写下："凤凰古城天下奇，虹桥卧波沱江水。文学巨匠从此去，翠翠爷俩几时回？"（《凤凰古城天下奇》）在张家界看到百米天梯时，有感而发，写下："十里画廊自然景，百米天梯人造成。大千世界乾坤定，亿万民众有神功。"（《游张家界》）在烟台参观人造海上牧场时，我写下："耕海一号在岸边，海上牧场家门前。远望美景人间造，登岛赛过活神仙。"（《登岛赛过活神仙》）在洛阳，我写下："千年帝都洛阳城，万里丝路从此行。陆港枢纽国字号，全球响彻东方红。"（《洛阳考察有感》）在宜昌，我写下："水电之城美名扬，两坝一峡在宜昌。物流枢纽建设好，通江达海太平洋。"（《宜昌考察有感》）在内蒙古乌兰察布，我写下："一个枢纽通二连，三北地区中心点。四大产业有特色，五大经济走在前。"（《一个枢纽通二连》）。

目　录

2019 年

2020 年

2021 年

2022 年

2023 年

2024 年

2016 年

江苏省物流园区评审会小记

朝辞京城雾霾天，夜宿徐州物流园。

加入江苏评审团，我的团长我的团。

团长工作抓得紧，团员心齐干劲添。

两个园区来参评，八大评委都发言。

（2016 年 10 月 24 日）

开灯起床奔车站，南京高铁一瞬间。

路过家门绕道走，赶到溧水吃午饭。

毛氏风格提方案，全体评委都点赞。

风雨镇江宿圌山，人间仙境不一般。

（2016 年 10 月 25 日）

镇江大港物流园，评审意见有点难。

字斟句酌细思量，推心置腹肺腑言。

时近中午雨如注，坚辞午饭快赶路。

以水代酒工作餐，下午评审常州见。

（2016 年 10 月 26 日）

不愿送君踏征程，终到分别难舍情。

难忘前日徐州会，昨天镇江烟雨蒙。

披星戴月搞评审，风雨兼程脚不停。

一连三日时间短，开怀畅谈情深深。

待得云开天宇净，金陵再续战旗红。

（2016 年 10 月 26 日）

我的团长我的团，转战江苏物流园。

顶风冒雪不觉累，挑灯夜战不畏难。

一路走来一路看，争先恐后吐真言。

千辛万苦育示范，满载而归苦也甜。

（2016 年 10 月 27 日）

今天起床五点半，天晴雨歇空气鲜。

小梁小邓来送行，更有海兵作旅伴。

三天行程虽然短，深厚情谊道不完。

秋风吹拂江南岸，只盼来日再回还。

（2016 年 10 月 27 日）

（注：团长、君，江苏省发展改革委周晓林处长；毛氏，东南大学毛海军教授；小梁，江苏省发展改革委梁钟巍副处长；小邓，工作人员邓泷；海兵，平安不动产专家包海兵）

2017 年

江苏省物流园区评审随感

朝辞北京满天星，午达淮安喜相逢。
电商物流有特色，毛师规划获好评。

会议结束赶路程，运河两岸熠生辉。
抵达阜宁天向晚，抬头仰望明月升。

一觉醒来百鸟鸣，红房绿树画中行。
金山银山诚可贵，绿水青山看阜宁。

枢纽海安不虚传，铁公水路紧相连。
三大优势发挥好，物流天下更向前。

（2017 年 10 月 31—11 月 2 日，参加江苏省发展改革委组织的物流园区规划评审工作）

2018 年

喜看德邦争上游

羊城起步岁月稠，浦江锣声爱物流。

小荷才露尖尖角，喜看德邦争上游。

（2018 年 1 月 16 日，在上海证交所参加德邦物流上市仪式的致辞）

物流江湖有诉求（二首）

烈日炎炎岳阳楼，千古绝唱进退忧。

待到庙堂见高处，物流江湖有诉求。

新雨洞庭后，移步岳阳楼。

友情细品味，合影心中留。

（2018 年 6 月 24 日，湖南好友彭志勇陪同游览岳阳楼有感）

草原草根物流会

有缘相会在草原，情真意切天地间。

畅所欲言物流事，用心牵手齐向前。

勤牛耕耘红土地，起早贪黑不觉累；

中通开路九通达，方方国际兄弟会。

草原草地草根会，心语心声心相聚。

大家都好真的好，草根物流盖天地。

（2018 年 7 月 26—28 日，第十六次中国物流园区工作年会在内蒙古乌兰察布市召开。会议结束后，召集了一批草根创业的物流园区企业家，坐在草地上倾听他们的心声。"勤牛""红土地""九通达""方方"都是企业名称）

悼母联

教子有方六子九孙天南海北做栋梁

持家有道九秩四世高风亮节留人间

勤劳双手创造可观物质财富无愧后辈子孙

智慧大脑留下丰厚精神营养永滋每位亲人

孝父母爱丈夫疼儿女喜媳婿倍宠隔辈厚爱众亲

完美亲情长昭后人

待人宽律己严能吃苦不怕难教子有方兴家睦邻

伟大形象永留人间

（2018 年 8 月 28 日，备感慈爱的母亲与世长辞，享年 90 岁）

儿已长大在今天

夜宿赣江心坦然，了无牵挂天地间。

游子不怕迟迟归，儿已长大在今天。

（2018 年 9 月 3 日，母亲辞世后首次出差南昌感言）

老兵新传续新篇

退休老人不言老，协会工作再起早。

老兵新传续新篇，河北物流向前跑。

（2018年9月，为河北省现代物流协会会长鲁泽而作）

莫道遂宁不知名

昨日秋雨下不停，雨打芭蕉路泥泞。

今天云淡风也清，天遂人愿迎嘉宾。

秋风送爽丰收节，天南海北来签约。

今天栽下友谊树，来日共享合作果。

南向通道一首歌，枢纽建设联网络。

雄关漫道真如铁，协同创新从头越。

莫道遂宁不知名，观音故里天下鸣。

川中明珠最耀眼，更有西部物流城！

［2018年9月13—15日，第五届中国（四川）国际物流博览会在四川省遂宁市举办］

致远方老友

祖国两节秋叶黄，澳洲一家迎春光。

远隔重洋心相近，八月十五念醋香。

（2018 年 9 月 24 日，致远在澳大利亚的太原友人赵阳）

致湘物联

三驾马车领方向，四百会员献力量，

五年业绩打基础，物流湘军再辉煌。

（注：三驾马车指刘平、张龙发、尹国杰三位新老会长）

（2018 年 9 月 26 日，长沙，湖南省物流与采购联合会第四次会员代表大会）

美加团友情谊深

赵总越洋南极近，合斌飞过北欧城。

美加团友情谊深，月亮代表我的心。

北方秋雨夜连绵，南国烈日不得闲。

环球凉热两重天，太阳公公在值班。

苏州公务叶正黄，难忘奇宇热心肠。

美加团友都问到，诚邀赏阅太湖光。

那天苏州问老梁，美加情谊为啥长？

七级浮屠救一命，个个都是热心肠。

嫦娥妹妹扛肩上，玉兔在手不能放。

大步流星追月去，霸气人生看吴刚。

（2018 年中秋节期间，笔者在苏州与团友梁奇宇会面，怀念昔日美加团友）

回乡有感

天天想啊日日盼，荞面饸饹山药蛋。

块三烧酒毛三醋，定襄土话说不够。

（2018 年 10 月国庆节期间，回到山西定襄老家的感想）

一代新人在成长

金陵金秋树叶黄，三号营地演兵场。

百余创客齐亮剑，一代新人在成长。

（2018 年 10 月 21 日，南京东南大学，第三届日日顺物流创客训练营三号营地致辞）

园区建设看江苏（四首）

长江两岸度金秋，专家团队再聚首。

新的时代新物流，园区建设看江苏。

汉皇故里展新颜，万亩花海真壮观。

等闲识得东风面，唯盼江苏评审团。

碧水蓝天小洋房，五彩缤纷郁金香。

美不胜收何处是，疑似阿姆斯特港。

匆匆江苏两日行，恋恋不舍踏归程。

以茶代酒来相会，甘为物流再长征。

（2018 年 10 月 16—18 日，在江苏江阴、靖江、海门、太仓等地考察物流园区有感）

题青年论坛

青年论坛都年轻，物流自有后来人。

伟华领衔夺皇冠，智慧物流照汉卿。

青年论坛出人才，老夫不禁乐开怀。

期盼南昌再聚首，最新成果上舞台。

青年论坛愈五期，物流学会搭阶梯。

年年皆有才人出，携手并肩再奋起。

青年才俊群英会，秉烛夜谈不觉累。

老夫也想凑热闹，欲将"华岁"变"公岁"。

（自 2014 年起，每年利用中国物流学术年会举办"青年论坛"，请 45 岁以下的青年物流人才登上舞台，展示才华。伟华：天津大学博士生导师刘伟华，"青年论坛"主持人。汉卿：国务院发展研究中心市场经济研究所李汉卿，"青年论坛"青年新锐奖获得者）

（2018 年 11 月 18 日前后，南昌，第 17 次中国物流学术年会）

济南（二首）

大明湖畔开大会，趵突泉边报佳绩；

回望物流四十年，砥砺前行再奋起。

天翻地覆四十年，行业协会走在前。

众人拾柴成大事，物流之火已燎原！

（2018 年 11 月 27 日，郑州，全国物流行业庆祝改革开放 40 周年大会）

濮阳（二首）

朝辞北京日初升，暮宿濮阳有暖风。

物流论剑话题热，天寒地冻不觉冷。

东奔西跑为物流，南征北战不发愁。

顶风冒雪去战斗，披星戴月写春秋。

（2018 年 12 月 27 日，濮阳，物流研讨会）

2019 年

忆电大

（一）

天边的启明星一眨一眨，

街头的老树发出了新芽。

沉睡的小县城，

走来一群胡子拉碴的"学生娃"。

他们刚刚把镰刀或斧头放下，

有的已经是孩子的"妈"。

既有初中毕业，也有高中"断崖"，

个别人只有小学文化。

"同学"的年龄相差十七八，

他们有一个共同的心愿：

争分夺秒，学习文化！

（二）

天空送走最后一抹晚霞，

地上爬满了熟透的香瓜。

劳累了一天的"学生们"，

冒着酷暑齐聚职工大学的灯下。

省城的教授讲到声音嘶哑，

"学生们"尽情探求知识的宝库。

古代汉语，诗词歌赋，五千年的中华文明，

三百首古诗词要全部背下；

形式逻辑、外国文学、文学概论，

晦涩难懂也不敢落；

十七门功课二十一次考试，

丝毫不能差。

且不说"中年学子"要恋爱、结婚、成家，

开启"新长征"顽强拼搏奉献"四化"。

想想那三年一千多个日日夜夜，

学业、事业、家庭"三座大山"一起跨。

（三）

寒来暑往，春秋冬夏，

披星戴月，学海无涯。

改革开放的"天时"让我们赶上了"末班车"，

"没有围墙的大学"把中年学子"养大"。

在文化的"沙漠"中找到了"绿洲"，

正值思想迷茫，学习了唯物辩证法。

探究古今中外历史变迁，

与历朝历代先贤大师"对话"。

虽然是小县城的业余学生，

学过的知识不亚于清华、北大。

学习中练就的拼搏精神，

再大的困难也不怕。

（四）

青春无悔，岁月有嘉，

当年的小树苗已经长大。

他们有的成为"写手"激扬文字，

有的在单位坐上了"头把"

有的教书育人桃李满天下。

还有的学习恋爱两不误，

传来爱情的佳话。

风风雨雨几十年，我们老了，

走南闯北遍天下，我们累了。

尽管儿孙绕膝，双鬓染华；

也许忘记了昨天干啥。

但六十年的"大学梦"、四十年的同学情，

依然时时牵挂，一生的苦乐年华。

当我们回首往事的时候，永远忘不了，

山西省，定襄电大！

（2019 年春节前夕，作于北京寓所）

昆钢追梦向未来

风雨兼程八十载，昆钢追梦向未来。

现代物流做后盾，放眼世界站前排。

（2019 年 2 月 23 日，昆明钢铁公司成立 80 周年大会）

"物流湘军"再奋起

春雨及时润大地，三湘四水响春雷。

园区专委借春风，"物流湘军"再奋起！

（2019 年 3 月 16 日，长沙，湖南省物流与采购联合会物流园区专业委员
会成立大会）

黄河两岸展新局

中原大地起春雷，黄河两岸展新局。

继往开来绘蓝图，河南物流再奋起！

（2019 年 4 月 2 日，郑州，河南省物流与采购联合会第五届会员代表大
会致辞）

题物流产学研结合

人间四月芳菲尽，遂宁桃花始盛开。

产学研用何处觅，不知转入东旭来！

（注：东旭指会议举办地东旭锦江酒店）

[2019 年 4 月 26 日，遂宁，2019 年（第十二届）物流领域产学研结合工作会]

智慧物流攀高峰

五月六日聚岛城，崂山论剑话三生；

四届峰会日日顺，智慧物流攀高峰！

（注：三生指生产、生活、生态）

（2019 年 5 月 6 日，青岛，第四届中国智慧物流品牌日峰会）

中华物流达全球

四海精英手拉手，钦州朋友聚渝州。

共建陆海新通道，中华物流达全球。

（2019 年 5 月 20 日，重庆，广西钦州市物流产业招商推介会）

题"品质运力"

六月荷花别样红，高安林安四时新。

八方英豪成一统，品质运力踏征程！

（注：林安是物流企业名）

[2019 年 6 月 21 日，高安，2019 公路运力发展大会暨卡车后市场论坛致辞]

主持国家物流枢纽评审会有感

六月荷花别样红，四合院里聚精英。

两肩使命责任重，一颗初心记始终。

（2019 年 6 月 26 日，北京顺义国家发展改革委培训中心）

枢纽货物全球通

黄河七月水岸平，兰州陆港迎嘉宾。

物流通道连接紧，枢纽货物全球通。

（2019 年 7 月 3 日，兰州，第二十五届中国兰州投资贸易洽谈会"新陆港、新枢纽、新时代"发展论坛暨通道物流产业专题推介会）

今日相聚日日顺

岛城七月热浪涌，物流创客喜相逢。

今日相聚日日顺，拥抱未来路路通！

（2019 年 7 月 23 日，青岛，日日顺物流创客训练营开营仪式）

物流园区会议有感

8 日晚云开雾散，各路专家餐叙，气氛热烈……

拨云见日天帮忙，门户经济地发光。

领导物流政策好，醍醐灌顶诉衷肠。

9 日上午大会，高朋满座

沈阳初秋聚精英，互联互通话提升。

物流枢纽担使命，品质园区再创新。

9 日大会听高伟市长讲话后感言

东北振兴战犹酣，投资已过山海关。

物流产业做先导，沈阳崛起在眼前。

9 日晚会，欣赏一台高雅的芭蕾舞演出

天下物流一家亲，相聚不易更难分。

盛京盛景献盛宴，难忘于洪钻石情。

10 日上午参加由百驿物联公司主办的物流园区互联互通分论坛

园区会议实在好，互联互通掀高潮。

众人拾柴火焰高，百驿物联向前跑。

（2019 年全国物流园区工作年会于 2019 年 8 月 8—10 日在沈阳市于洪区召开，来自全国各地的 1100 余人出席盛会）

山城秋浓智博会

山城秋浓智博会，物流论坛开场戏。

一带一路做枢纽，传化智联虎添翼

（2019 年 8 月 25 日，重庆，2019 中国国际智能产业博览会—智慧物流与产业赋能高峰论坛致辞）

工信带队入新疆

秋高气爽果飘香，工信带队入新疆。

物流电子加轻纺，产业合作新篇章。

（2019 年 8 月 28 日，乌鲁木齐，工业和信息化部产业援疆会议）

海南戏水俩娃

丽日白云天涯，微风轻浪细沙，海南戏水俩娃。

北人南下，四海为家。

（2019 年 10 月 3 日，长沙，为两位孙子在三亚清水湾戏水照配诗）

凤凰古城天下奇

凤凰古城天下奇，虹桥卧波沱江水。

文学巨匠从此去，翠翠爷俩几时回？

（2019 年 10 月 4 日，湘西凤凰古城）

游张家界

十里画廊自然景，百米天梯人造成。

大千世界乾坤定，亿万民众有神功。

张家界顶有神仙，黄龙洞里藏奇幻。

滴水百年长一寸，巨变何似在人间。

仙山云海有奇峰，地质变化现真容。

天生一个黄龙洞，千奇百怪在地宫。

电梯一步就登天，龙宫探秘不畏难。

只要兄弟姐妹在，快活旅途赛神仙。

喜迎国庆七十年，乐游湖南山水间。

恭听老哥吐心曲，后辈扶持暖心田。

水波潋滟宝峰湖，奇峰异石两岸走。

土家歌声停不住，胜似闲庭信步游。

抬头仰望天门山，湘西之旅说再见。

依依惜别终有时，手足情谊留心间。

（2019 年 10 月 4—6 日，受湖南李艳归、李红霞父女之邀，与姜超峰夫妇、张晓东、邓斌兄弟一同到湖南凤凰古城和张家界一游）

一十三载写春秋

透明峰会在易流，一十三载岁月稠。

不忘初心为客户，朴素无华写春秋。

[2019 年 10 月 11 日，深圳，第十三届中国（深圳）物流透明管理峰会]

不忘初心再起步

新时代，新物流，新的形势新任务。

不忘初心再起步，牢记使命"十四五"。

（2019 年 10 月 14 日，天津，全国地方物流行业协会工作会议）

枢纽网络绘蓝图

新时代，新物流，枢纽网络绘蓝图。

携手并肩再起步，互联互通写春秋。

（2019 年 10 月 25 日，成都，国家物流枢纽建设工作现场推进会）

江苏物流考察随想

10 月 29 日徐州

云龙湖畔迎朝阳，花果山下送晚霞。

风驰电掣评审组，一日两地三朵花。

（注：当天早上在徐州，后辗转连云港，一天之内考察两地的三个物流园区）

10 月 30 日射阳

羿射九日万古长，女护鹤群美名扬。

黄金海岸有明珠，小城大爱在射阳。

10 月 30 日兴化市戴南镇

跑遍全国收废品，千家万户锻精工。

戴南不锈创品牌，特色小镇天下闻。

10 月 31 日如东

曾为汪洋一片，如东沧海桑田。

一桥通往大海，对岸连接蓝天。

填海造陆建港，能量带给人间。

（2019 年 10 月 29—31 日）

河下古镇对联

（原上联）小大姐、上河下，坐北朝南吃东西；

（对下联）老码头、新枢纽，居中向外通古今。

（2019 年 11 月 9 日，江苏淮安河下古镇，对下联）

不忘初心怀化人

昨日胜利转运地，今朝物流新机遇。

不忘初心怀化人，牢记使命创奇迹。

（2019 年 11 月 23 日，怀化，云物流特色小镇物流产业规划评审会）

军事应急新篇章

十年辛苦不寻常，军事应急新篇章。

迅疾物流号角亮，战地黄花分外香！

［2019 年 12 月 1 日，海口，第十届军事（应急）物流研讨会］

何惧风急浪再高

军港夜，静悄悄，南海风云起波涛。

只要军民团结紧，何惧风急浪再高。

（2019 年 12 月 4 日，珠海，军民融合物流会议）

决胜小康尽开颜

爬坡过坎又一年，分析研判再向前。

公路货运鼓干劲，决胜小康尽开颜！

[2019 年 12 月 9 日，北京，2019 年（第五届）全国货运物流行业年会致辞]

渤海湾畔一明珠

渤海湾畔一明珠，巨轮满舵连五洲。

百年港城枢纽梦，今日启航写春秋。

（2019 年 12 月 13 日，营口，物流枢纽建设合作交流会）

2020 年

集装示范定成功

全面小康气象新，青岛西岸地生金；

各路精英齐努力，集装示范定成功！

（2020 年 1 月 10 日在青岛西海岸新区融合创新物流集装化体系建设示范
工程标准化周转箱启用仪式上的致辞）

临沂物流再创新

商贸名城春潮涌，天地人和喜开工。

顺势启航向未来，临沂物流再创新！

（2020 年 5 月 16 日，山东省临沂市物流会议）

场景物流日日顺

即墨今天不寂寞，智能仓储谱新歌。

场景物流日日顺，引领行业开先河。

（2020 年 6 月 14 日，青岛市即墨区，日日顺大件物流首个智能无人仓媒
体开放日）

"中国物流"挑大梁

五年奋斗不寻常，业绩倍增创辉煌。

如今谋划"十四五"，"中国物流"挑大梁！

（2020年6月29日，中国物流公司演讲）

参观中铁物贸有感（二首）

瞬息万变"云"时代，物贸之花"云端"开①。

"耕云播雨"结硕果，腾"云"驾"悟"②向未来。

陈年老酒撩人心，互诉衷肠未尽兴。

会企融合一条心，"三感""三振"③物流人。

　　[注：①中铁物贸用云计算、大数据技术推动传统业务转型取得丰硕成果。②靠悟性，利用云技术走向未来。③"三感"——感谢、感动、感想；"三振"——震撼、震惊、振奋]

（2020年7月24日，北京）

祝福上饶

三清奇秀天下闻，

四省通衢信州城。

五湖嘉宾聚上海，

千亿物流借东风。

（注：上饶古称信州，地处赣、闽、浙、皖四省接合部）

［2020 年 8 月 1 日，上饶市现代物流产业（上海）专题招商会致辞］

不拘一格降人才

千载难逢新时代，物流创客到前台。

耕云播雨日日顺，不拘一格降人才！

（2020 年 8 月 5 日，在 2020 年第五届日日顺物流创客训练营"天使学"云开营仪式上的致辞）

百年变局开新局

庚子开年风云起，世界大考来势急。

危机之中育新机，百年变局开新局！

（2020 年 8 月 6 日，郑州，在河南省交通厅会议上的演讲）

军民融合在蓝天

环球变局不太平，神州呼唤新长城。

军民融合在蓝天，任尔东西南北风！

（2020 年 8 月 7 日，物流军民融合培训班）

大件物流新征程（二首）

羊城聚会热浪涌，业界精英喜相逢。

顺势启航向未来，大件物流再创新！

广州会议变京城，祛病抗疫网上行。

初心不改向未来，大件物流新征程！

（大件物流发展形势分析会原定于 2020 年 6 月 17—19 日在广州召开，为应对新冠疫情改为 2020 年 8 月 16 日在北京以视频会议的方式举行，此为在会上的致辞）

额尔古纳河即景

蓝天、白云、绿草，

浪花、蝉鸣、鸟叫。

快艇飞驰，有福人乐得逍遥。

（2020 年 8 月 19 日，满洲里）

"十新""十问"物流事

北国边城秋意浓，政产学研聚精英。

观风测云谋大势，把关定向新航程！

（2020 年 8 月 21 日，满洲里，物流领域产学研结合工作会开幕上的致辞）

政产学研齐努力

披星戴月满洲里，废寝忘食育新机。

政产学研齐努力，变局之中开新局！

（2020 年 8 月 22 日，满洲里，物流领域产学研结合工作会闭幕上的总结）

快步迈向新格局

两个部门有创意[①]，各位专家齐努力。

物流枢纽建设好，信步迈向新格局！

（注：①指国家发展改革委、交通运输部两个部门共同推进国家物流枢纽布局和建设工作）

（2020 年 9 月 2 日，北京，国家物流枢纽评审会）

祝福乌兰察布

北京往西一步走，乌兰察布在前头。

发展物流不落后，国家枢纽争上游！

（为乌兰察布 2020 年 9 月 6 日物流培训班准备，后未成行）

公路货运开大会

春城昆明现秋意，公路货运开大会。

眼观物流风云起，快步追赶新格局！

（2020 年 9 月 18 日，昆明，2020 年公路运力发展大会）

二友朋

三十年前的定襄城，

谁不知道城内二友朋。

一根扁担，两只茅桶，

淘粪就是他不变的营生。

淘粪论担记工分，

每淘一担都要在茅子墙上划一道痕。

东家说可以多划一道道，

友朋说甚就是个甚，那可不行。

友朋天生好记性，

阴历阳历分得清。

无论大人小孩谁来问，

友朋都会把"人家"几号（阳历）"咱们"初几（阴历）说分明。

生产队解散后友朋淘粪收了工，

拾破烂卖纸箱养活自身。

勤劳善良与世无争，

不娶不嫁终身未婚。

生产队长也没当过却很知名，

走后多年还被人惦记在心。

茶余饭后编排日程，

也会想起这个好记性的"实受人"。

（2020 年 9 月 20 日，记一位家乡老人）

祝愿河南自贸全国领先

地处中原联南北，自由贸易通东西。

新格局下抓机遇，河南物流要腾飞。

（2020 年 10 月 20 日，在郑州出席河南省自贸试验区高级研修班时的演讲）

2020 年 10 月 25—29 日江苏物流园区评审会十一首

岁岁重阳今又重阳，江苏物流分外香。

一年一度评审团，不是兄弟，胜似兄弟，物流情谊万年长。

（2020 年 10 月 25 日，徐州）

刘邦故里大汉源，沛县穿越两千年。

威加海内传后世，今人创造胜从前。

（2020 年 10 月 25 日，沛县）

温泉之乡美名传，水晶之都誉满天。

蓝天鲜花常相伴，福如东海赛神仙。

（2020 年 10 月 26 日，东海县）

大圣故里写新篇，连西向东通海天。

河海联运聚产业，灌云物流要超前。

（2020 年 10 月 27 日，灌云县）

故国都城出项王，今朝崛起新电商。

通湖通海通大洋，宿迁物流创辉煌。

（2020 年 10 月 27 日，宿迁）

总理故乡展新颜，强高富美为人民。

运河枢纽潜力大，淮安物流再提升。

（2020 年 10 月 28 日，淮安）

吴越春秋两千年，里下建湖九州连。

现代物流规划好，创新发展看明天。

（2020 年 10 月 28 日，淮安）

国泰民安产业兴，虹桥物流方向明。

跨江联动高标准，临港经济大集成。

（2020 年 10 月 29 日，泰兴）

幸福美丽新天堂，望亭物流苏锡常。

紧密围绕双循环，着力打造品牌强。

（2020 年 10 月 29 日，苏州）

常熟城外沙家浜，昔日战场摆市场。

服装物流通全国，崭新格局创辉煌。

（2020 年 10 月 29 日，常熟）

相见时难别亦难，我的团长我的团。

快乐时光终觉短，期待很快再回还。

（2020 年 10 月 29 日，上海）

国际货代大平台

百年变局新时代，国际货代大平台。

五中全会指方向，物流之花云端开。

（2020 年 11 月 2 日，大连，2020 年第九届中国国际货代年会上的致辞）

物流园区谱新曲

新区新景新格局，物流园区谱新曲。

兄弟姐妹齐努力，新冠疫情终过去！

（2020 年 11 月 12 日，青岛，2020 年全国物流园区工作年会上的致辞）

数字物流赖后生

五中全会指航程，发展格局一时新。

传统产业要升级，数字物流赖后生。

（2020年11月14日，青岛西海岸新区"双循环"物流企业协作研讨会上的致辞）

创客决战在今朝（二首）

海风在轻轻地吹，海浪在轻轻地摇，年轻的学子好心焦。

半年辛苦今揭晓，创客决战在今朝。

五中全会指航程，一代创客向前冲。

夜半望断天涯路，山无绝顶我为峰。

（2020年11月15日，青岛西海岸新区日日顺物流创客训练营上的致辞）

贺物流学术年会创立十八周年

南海热土育芳华，物流学会发新芽。

众人浇灌成大树，十八年后再出发。

（2020 年 11 月 28 日，广东省佛山市南海区第十九次中国物流学术年会）

题学生创客

汗水浇灌物流花，奋斗乐趣知无涯。

过关斩将不容易，获奖之后再出发。

（2020 年 11 月 29 日，南海，在第五届日日顺物流创客训练营"C 轮训"上的致辞）

新格局下再起航

五年辛苦不寻常，多式联运创辉煌。

五中全会指方向，新格局下再起航。

（2020 年 12 月 4 日，合肥，参加第五届长三角多式联运发展国际论坛有感）

枢纽园区盼联盟

天寒地冻待春风，枢纽园区盼联盟。

携手并肩团结紧，全国首家河南"中"！

（2020 年 12 月 18 日，郑州，参加物流枢纽联盟成立大会有感）

宜居宜业看宜昌

宜居宜业看宜昌，物流枢纽联八方。

五中全会做指引，三峡门户大而强。

（2020 年 12 月 21 日，宜昌，参加干部物流培训班有感）

警民一家保平安

数九寒天心里暖，物流融合协议签。

风云变幻何所惧，警民一家保平安。

（2020 年 12 月 24 日，参加武警部队警民融合物流签约仪式有感）

2021 年

诚通集团老传统

诚通集团老传统，开怀畅饮识新人。

肺腑之言说不尽，携手并肩向前冲。

（2021 年 1 月 19 日，与诚通集团领导座谈有感）

洛阳考察有感

千年帝都洛阳城，万里丝路从此行。

陆港枢纽国字号，全球响彻东方红。

（2021 年 3 月 18 日，洛阳）

贺上海王大明女儿王璐婚礼

四海嘉宾迎春风，孙王两家喜联姻。

幸福牵手开心路（璐），展翅飞（孙）翔振家风。

（2021 年 3 月 21 日，上海，参加王大明女儿婚礼时的致辞。女儿王璐，女婿孙翔）

初春岛城聚精英

初春岛城聚精英，面向大海论提升。

物流体系担使命，昂首阔步新征程！

《规划纲要》指方向，现代物流再起航。

加快发展新体系，强国建设有保障。

（2021 年 3 月 26 日，青岛，现代物流体系建设工作座谈会）

物流朋友来相会

人间四月芳菲尽，洛阳牡丹花盛开。

物流朋友来相会，推心置腹乐开怀。

［2021 年 4 月 23 日，洛阳，第十四届物流领域产学研结合工作会暨国家物流枢纽（洛阳）交流研讨会］

青洛牵手一家亲

海港陆港同根生，青洛牵手一家亲。

沿黄走廊创奇迹，枢纽经济放光明。

（2021 年 4 月 24 日，洛阳，服务洛阳都市圈客户恳谈会。青即青岛，洛即洛阳）

中国东盟连心桥

西部陆海新通道，中国东盟连心桥。

合作共建齐努力，千难万险不动摇。

（2021 年 4 月 29 日，南宁，构建中国—东盟多式联运联盟研讨会）

万里同飞心相连

千里姻缘京扬牵，万里同飞（加拿大学成一起回国）心相连。

百分满意褚王配，一生幸福又平安。

（2021 年 5 月 1 日，北京，参加好友褚柏刚儿子褚君、儿媳王慧婷婚礼贺词。京即北京，扬即扬州）

天下之中驻马店

天下之中驻马店，举世闻名古驿站。

如今发展快步走，物流枢纽勇争先。

（2021 年 5 月 3 日，驻马店物流考察感言）

中美和谐待后生

暮春时节东方宫，五家亲人迎嘉宾。

不畏艰险万里路，中美和谐待后生。

（2021 年 5 月 5 日，参加于北京东方宫大酒店举办的欢迎张晓东之子张宇凡从美国学成归来的晚宴时有感）

八桂大地热潮涌

八桂大地热潮涌，物流先行陆海通。

巧借东风齐发力，快步赶超向前冲。

（2021 年 5 月 20 日，南宁，参加广西物流节暨智慧物流高峰论坛有感）

青年学子物流花

五月校园发新芽，青年学子物流花。

喜迎建党一百年，不忘初心再出发。

（2021 年 5 月 26 日，北京物资学院，参加物流文化节有感）

宜昌考察感言

水电之城美名扬，两坝一峡在宜昌。

物流枢纽建设好，通江达海太平洋。

滔滔长江向东流，巍巍青山两岸走。

悠悠歌声唱不够，浓浓情谊心中留。

高峡入云托平湖，货物翻坝入姑苏。

水铁联运做枢纽，更觉宜昌物流殊。

更喜宜昌遇诗友

开怀畅饮情谊厚，更喜宜昌遇诗友。

贴心话儿说不够，物流大会写春秋。

（2021 年 5 月 27—28 日于宜昌）

百年大港争一流

百年大港争一流，十分努力展宏图。

千帆竞发创新路，志在万里通全球。

（2021 年 6 月 4 日，天津港，参加中国物资储运协会和人民政协报社联合主办的活动时的赠言）

湖北物流新征程

六月荷花别样红，九省通衢聚精英。

协同推进高质量，湖北物流新征程。

（2021 年 6 月 10 日，参加湖北物流促进会会议有感）

参加人民银行会议有感

人行会议依旧，金融话题常新。

参与行业咨询，心系百姓民生。

（2021 年 6 月 18 日，参加中国人民银行货币政策委员会 2021 年二季度行业专家咨询会议有感）

智慧物流新赛道

烈日炎炎似火烧，百年变局时代潮。

智慧物流新赛道，各路精英有高招。

（2021 年 6 月 23 日，武汉，参加"十四五"智慧物流发展机遇座谈会有感）

共话当年葆童心

四十三班学友情，五十五年不老松。

满头银丝容颜改，共话当年葆童心。

京城虽好是他乡，魂牵梦绕在定襄。

走南闯北人无数，怎比发小情谊长。

半个世纪同学情，咱们今天真开心。

老师面前还是娃，嬉笑打闹正年轻。

（2021年7月4日，定襄城关小学43班毕业55周年聚会有感）

陇原大地起风云

陇原大地起风云，物流枢纽聚精英。

西部陆海新通道，连南接北踏征程。

［2021年7月8日，兰州，西部陆海新通道与国家物流（兰州）枢纽建设论坛发言］

任重道远立大志

山外青山楼外楼，学海无涯苦作舟。

任重道远立大志，永不停步争一流。

（2021年7月10日，获悉长孙贺任远地理考试或为北京市第一名赠言）

物流服务守初心

钢都盛夏聚精英，融合发展论提升。

公路运力担使命，物流服务守初心！

百年钢都发新芽

百年钢都发新芽，德邻陆港数智花。

两业融合做榜样，一往无前再出发。

（注：德邻陆港的前身为鞍钢汽车运输有限责任公司）

天地人和抒情怀

雨后清风拂面来，鞍钢物流红花开。

各路精英聚一堂，天地人和抒情怀。

天下物流是一家

兄弟姐妹在一搭，辽宁鞍山送晚霞。

"南国醍醐"敞开灌，天下物流是一家。

（注："南国醍醐"是鞍钢德邻陆港公司自酿的一个啤酒品牌）

（2021 年 7 月 14—15 日，鞍山，2021 年物流业与制造业融合创新发展工作会暨第三届公路运力发展大会感言）

造船强国冠全球

盛夏如火手拉手，携手并肩创一流。

协同提升供应链，造船强国冠全球。

（2021 年 7 月 22 日，北京，参加中国船舶集团供应商大会感言）

东临沧海育新人

岛城朝雨洗轻尘，冰山之角气象新。

创客相聚日日顺，东临沧海育新人。

（注："冰山之角"为青岛酒店名）

（2021 年 7 月 29 日，青岛，第六届日日顺创客训练营开营仪式上的致辞）

物资大树一条根

物资大树一条根，风雨过后现彩虹。

协会集团两兄弟，不忘初心再立功。

（2021 年 8 月 19 日，联合会领导班子、中国物流集团筹备组主要成员与原物资部副部长陆江聚会有感）

教学相长写新诗

北京交大双甲子，六十多岁当老师。

喜逢两位零零后，教学相长写新诗。

（2021年9月12日，北京交通大学接收新生拜师仪式感言）

乐见锦州赶钦州

渤海湾畔一明珠，发展物流大枢纽。

东北陆海新通道，乐见锦州赶钦州。

（2021年9月18日，锦州，参加锦州物流高峰论坛时的演讲）

易流峰会十五年

易流峰会十五年，透明到底不简单。

坚守初心担重任，低碳+N写新篇。

（2021年10月15日，深圳，参加第十五届物流透明峰会有感，峰会主题为低碳+）

各路精英聚宜昌

金秋十月果飘香，各路精英聚宜昌。

看天问路定航向，互联互通流八方！

（2021 年 10 月 22 日，宜昌，2021 年国家物流枢纽建设联合推进会暨第 19 次全国物流园区工作年会致辞）

兄弟齐奋斗

三五一十五，物流快步走；

兄弟齐奋斗，挥手写春秋。

（2021 年 10 月 22 日，宜昌，听取国家发展改革委副司长张江波讲话有感）

汽车物流不简单

汽车物流不简单，深耕细作二十年。

协同推进新四化，开放共享写新篇。

（2021 年 10 月 22 日，宜昌，2021 汽车物流新四化与供应链高端研讨会致辞）

中国物流少年强

秋收时节硕果香，创客亮剑聚宜昌。

挑灯夜战不怕苦，中国物流少年强。

（2021 年 10 月 24 日，宜昌，第六届日日顺创客训练营创客亮剑开幕致辞）

江苏物流要领航

政府给力天帮忙，市场主体实力强。

凝心聚力促进会，江苏物流要领航。

虎踞龙盘到深秋，长江两岸披锦绣。

高质发展新物流，园区建设看江苏。

（2021 年 10 月 28 日，南京，江苏省物流业高质量发展高端培训班授课开题）

评审会议在云端（二首）

六中全会指航向，

江苏物流有担当，

疫情肆虐咱不怕，

云端评审现荣光。

评审会议在云端，

六家园区展新颜。

争奇斗艳做示范，

转型升级奔向前。

（2021 年 11 月 15 日，江苏省发展改革委物流园区线上评审会有感）

2022 年

军民团结一家亲

军民团结一家亲，二十多年情谊深。

智慧物流开新局，举杯再谢老将军。

（2022 年 1 月 21 日，与国防大学联合勤务学院王宗喜等老将军、老教授相聚有感）

四方都是物流人

一年辛苦喜迎春，"二马"聚会暖人心。

三家企业团结紧，四方都是物流人。

（注："二马"指中铁物贸董事长马元林、江苏志宏物流董事长马健，三家企业指到场的三家物流企业，四方指三家物流企业加中物联）

（2022 年 1 月 22 日，与中铁物贸、京东物流和江苏志宏物流三家物流企业相聚有感）

物流情结鲜花开

行业协会搭平台，政产学研齐上来。

兄弟情义春常在，物流情结鲜花开。

（2022年2月24日，与国家发展改革委综合运输研究所、中铁物贸、京东物流、江苏志宏物流及北京市物流协会的领导欢聚有感）

师徒相聚尽开颜

不出正月都是年，师徒相聚尽开颜。

开怀畅饮忆往事，更喜后辈冲向前。

（2022年3月1日，与姜超峰副总的学生董旭以及本人的学生金哲等欢聚有感）

物流湘军要崛起

三湘四水有新禧，两家企业迎大礼。

刘大兄弟真实在，物流湘军要崛起。

（2022 年 3 月 14 日，听湖南省物流与采购联合会书记刘平来京进行 A 级企业答辩后有感）

清明感怀

清明时节居京城，应对疫情路难行。

祭奠父母想亲人，我心飞向兰台村。

（2022 年 4 月 5 日）

应急物流做预案

抗疫减灾"生命线"，"双保双稳"上云端。

应急物流做预案，无惧风险安如山！

（2022 年 5 月 6 日，主持"应对突发事件物流保通保畅稳产稳链网络论坛"有感）

丝路古道展新容

丝路古道展新容，物流枢纽集大成。

东连碧波万里浪，西出阳关通欧盟。

（2022年7月8日，兰州，2022新通道新枢纽建设发展论坛致辞）

日照物流生紫烟

盛夏酷暑头伏天，日照物流生紫烟。

枢纽联盟开大会，"金字招牌"喜空前。

[2022年7月14日，日照，国家物流枢纽联盟一届四次理事（扩大）会致辞]

活力日照展新姿

活力日照展新姿，山港集团天下知。

黄河流域大保护，物流枢纽谱新篇。

一衣带水情义长，日照会盟谱新章。

陆港联动手牵手，奏响黄河大合唱。

（2022 年 7 月 15 日，日照，参加山东港口服务黄河流域生态保护和高质量发展研讨会有感）

八方宾客乐江宁

一轮明月照金陵，六朝古都展新容。

四海财货聚空港，八方宾客乐江宁。

（2022 年 7 月 28 日晚，参观南京市江宁区金陵小镇有感）

空港枢纽展宏图

清晨漫步如意湖，人间仙境欲何求。

江宁人民有创意，空港枢纽展宏图。

（2022 年 7 月 29 日早晨，漫步南京市江宁区空港新城如意湖有感）

航空与物流齐飞

产业与城市一体，航空与物流齐飞。

境内与境外连通，江苏与全国协同。

（2022年7月29日，于南京江宁经济技术开发区见闻有感）

今朝梦想陆路港

千货云集青果巷，万商汇聚松健堂。

古来漕运繁盛地，今朝梦想陆路港。

（2022年7月29日，于常州市参观青果老街有感）

十年创业不寻常

十年创业不寻常，双喜临门五百强。

栉风沐雨秉初心，砥砺奋进续华章。

（2022年8月7日，乌鲁木齐，参加中泰集团成立10周年暨进入世界500强庆典有感）

物流论坛二十年

物流论坛二十年，两业融合不简单。

创新应用供应链，牢记使命写新篇。

（2022 年 8 月 11 日，襄阳，参加第二十届中国工业企业物流论坛有感）

在内蒙古兴安盟过生日

人生七十古来稀，盟长祝寿添福气。

山盟水盟兴安盟，顿觉年轻二十岁。

（2022 年 8 月 14 日，内蒙古兴安盟盟长苏和参加笔者生日聚会有感）

北国江南阿尔山

才上梦幻阿尔山，又品甘甜圣水泉。

林海氧吧不冻河，北国江南阿尔山。

林城朝雨洗轻尘，人间仙境绿色新。

拨云见日自然定，生态保护显神功。

相见时难别亦难，依依回望阿尔山。

兴安圣水流不尽，唯盼青年勇向前。

（2022 年 8 月 15 日，内蒙古兴安盟阿尔山两日游有感）

北国春城沐秋风

北国春城沐秋风，民营陆港新征程。

物流枢纽齐努力，家国情怀向前冲。

（2022 年 8 月 17 日，接待吉林长春的朋友有感）

物流兄弟手拉手

中秋国庆双节至，"两铁""一会"相聚日。

物流兄弟手拉手，结盟转型写新诗。

［注："两铁"指中国铁路工程集团有限公司（简称中铁工）与中国铁路建筑集团有限公司（简称中铁建），"一会"指中物联］

（2022 年 8 月 31 日，与"两铁"朋友聚会有感）

师生聚会庆团圆

"金秋三节"到眼前,师生聚会庆团圆。

硕果累累听不厌,喜看后辈写新篇。

(注:"金秋三节"指教师节、中秋节、国庆节)

(2022 年 9 月 9 日,与北京物资学院、北京交通大学、中国人民解放军后勤学院学生聚会有感)

学会工作更靠前

中秋师节同一天,团圆感恩二心连。

有赖各位齐奋斗,学会工作更靠前。

(2022 年 9 月 10 日,在中国物流学会工作群的留言)

三生有幸结兄弟

永定河畔长安群，卧龙岗下物流人。

三生有幸结兄弟，一壶老酒喜相逢。

（2022 年 11 月 25 日，与翡翠长安邻居蔡进、唐建勇、熊杰等聚会有感）

2023 年

物流强国在眼前

大疫过后到银川，开怀畅饮放胆言。

政产学研齐努力，物流强国在眼前。

（2023 年 2 月 17 日，参访宁夏梦驼铃科技有限责任公司有感）

锻造未来全球通

家乡法兰到京城，我们都是定襄人。

《县委大院》来助兴，锻造未来全球通。

（2023 年 2 月 18 日，参加山西定襄法兰专业镇高质量发展大会有感。《县委大院》的编剧为定襄籍人士王小枪，剧组主创人员到场）

航空货运新机遇

航空货运新机遇，全国同行来助力。

物流枢纽已落地，南京空港腾飞起。

"三金"一心土变金

三年疫情终往去，"三金"一心土变金。

精诚合作向未来，携手开启新征程。

（注："三金"指金鹏航空公司，金松党委书记，落地金陵南京空港）

（2023 年 2 月 24 日，南京空港经济开发区，参加国际航空货运专家咨询会有感）

政产学研四方会

早春二月聚南京，三年疫后来黎明。

政产学研四方会，物流强国舞东风。

桃李天下遍芳菲

梅花山下迎春归，物流强国再腾飞。

政产学研同携手，桃李天下遍芳菲。

难忘今宵兄弟情

物流群里诗意浓，如意湖边画中行。

每年参加会无数，难忘今宵兄弟情。

现代物流加速跑

牛首山下好热闹，秦淮河畔涌春潮。

古老金陵迈新步，现代物流加速跑。

美好记忆心中留

航空港湾议物流，如意湖边交朋友。

思想盛宴细品味，美好记忆心中留。

（2023 年 2 月 25 日，参加第二十届中国物流学术年会跨年会有感）

不拘一格降人才

青年论坛搭平台，各路英豪走上来。

智慧物流新时代，不拘一格降人才。

（2023 年 2 月 26 日，参加第二十次中国物流学术年会跨年会青年论坛有感）

万里长江第一港

早春二月到太仓，万里长江第一港。

三宝太监起锚地，连通四海再启航。

今建国家枢纽港

古有吴王置太仓，今建国家枢纽港。

众人谋划高质量，扬长补短列百强！

［2023 年 2 月 27 日，参加苏州（太仓）港口型国家物流枢纽建设高端智库咨询会有感］

江苏物流做示范

经济总量十二万，强富美高换新颜。

江苏物流做示范，高质发展走在前。

（2023 年 2 月 28 日，参加 2023 江苏省物流业高质量发展培训会议有感）

湖南物流气象新

鹤城朝雨浥轻尘，湖南物流气象新。

西部陆海新通道，沿线都有物流人。

（2023 年 3 月 8 日，怀化，参加湖南省 2022 年度物流行业年会有感）

荆楚大地展新容

春风吹拂鄂王城，荆楚大地展新容。

湖北物流促进会，凝心聚力向前冲！

（2023 年 3 月 16 日，鄂州，参加湖北省物流行业年会有感）

物流宝地涌春潮

青铜故里展新貌，武鄂黄黄一步到。

长江中游深水港，物流宝地涌春潮。

（2023 年 3 月 16 日，参加黄石物流招商引资会有感）

开启时代新征程

满眼春色英雄城，赣鄱大地展新容。

江西物流生力军，开启时代新征程！

（2023 年 3 月 18 日，南昌，参加江西省物流行业年会有感）

蒙古包里贴心话

敕勒川，阴山下，蒙古包里贴心话。

千杯万盏感情深，天下物流是一家。

（2023 年 3 月 23 日，呼和浩特，与内蒙古物流界同人聚会有感）

后来居上向前冲

横跨三北连八省，万里边防守国境。

内蒙物流条件好，后来居上向前冲！

（2023 年 3 月 24 日，呼和浩特，参加内蒙古物流行业年会有感）

数字生态建奇功

中国电信做先锋，现代物流后勤兵。

打造智慧供应链，数字生态建奇功。

（2023 年 3 月 28 日，北京，参加中国电信与中物联联合主办的第二届天翼供应链生态发展论坛有感）

贺第六届货运物流年会胜利召开

海河两岸尽朝晖，齐聚东疆保税区。

数字货运有魅力，智慧物流显神威。

［2023 年 3 月 30 日，天津，参加第六届全国货运物流行业年会暨中国（东疆）数字货运与智慧物流高峰论坛有感］

京东物流走在前

春雨惊春清谷天，美丽中国展新颜。

打造智慧供应链，京东物流走在前。

（2023年4月11日，在京东总部"2023绿色供应链创新发展论坛"上的致辞）

九江物流谱新篇

最美人间四月天，九江物流谱新篇。

国家枢纽建设好，吴头楚尾冲向前！

（2023年4月13日，九江，参加物流培训有感）

遥看瀑布缥缈间

雾漫香炉生云烟，遥看瀑布缥缈间。

亦真亦幻美如画，无限遐想欲成仙。

（2023年4月14日，九江，庐山秀峰游览有感）

"两业融合" 迈大步

长安城阙辅三秦，陕西物流链五津。

"两业融合"迈大步，一往无前新征程！

（2023 年 4 月 21 日，西安，参加第二届西部智慧物流与智能制造融合创新发展论坛有感）

"物流强国" 赖后生

今日踏进物流门，大家都是物流人。

物流能力靠知行，"物流强国"赖后生。

（2023 年 4 月 23 日，北京交通大学演讲寄语同学们）

枢纽经济起宏图

天南海北聚商都，各路精英竞风流。

物流发展高质量，枢纽经济起宏图。

（2023 年 4 月 26 日，郑州，国家物流枢纽联盟一届五次会议致辞）

高质发展新征程

人间四月芳菲尽，绿城聚首春意浓。

物流园区开大会，高质发展新征程。

百花齐放春意浓，百鸟争鸣催人醒。

物流体系现代化，时不我待赶路程。

（2023年4月27日，郑州，第20次全国物流园区工作年会致辞）

新疆人民干劲高

天山南北涌春潮，新疆人民干劲高。

千年丝路通世界，钢铁巨龙架金桥。

（2023年4月28日，第20次全国物流园区工作年会新疆专题分论坛致辞）

东出太行天地宽

上党老区换新颜，物流枢纽冲向前。

西连万里古丝路，东出太行天地宽。

（2023 年 5 月 8 日，长治，推进现代物流业发展工作会议致辞）

数字物流显神威

初夏时节满生机，山西长治开新局。

太行精神做底色，数字物流显神威！

［2023 年 5 月 9 日，长治，数字物流（长治）高峰论坛致辞］

数字物流架金桥

道路货运好热闹，数字物流架金桥。

风吹雨打咱不怕，专精特新路一条！

（2023 年 5 月 18 日，上海，2023 先进货运经营者大会致辞）

奏响黄河大合唱

五月济南格外红，九省物流来会盟。

奏响黄河大合唱，发出协作最强音。

（2023 年 5 月 25 日，济南，2023 济南·服务黄河流域高质量发展研讨会致辞）

七彩云南聚英才

春城夏日花盛开，七彩云南聚英才。

携手共建幸福路，昂首阔步向未来。

（2023 年 5 月 29 日，昆明，在中老铁路沿线现代物流业招商推介会上的讲话）

而今迈步从头越

京杭运河穿境过，宿迁物流机会多。

自古商品集散地，而今迈步从头越。

（2023 年 6 月 9 日，宿迁，在宿迁市现代物流协会二届一次会员大会上的演讲）

百年顺和新征程

红色基因做底色，绿色物流靠创新。

青春活力有干劲，百年顺和新征程。

（2023 年 7 月 3 日，在山东顺和集团成立 20 周年庆典大会上的致辞）

北斗赋能新物流

天上星星参北斗，北斗赋能新物流。

全程操作智能化，强国建设起宏图！

（2023 年 7 月 13 日，在中国科学院空天信息创新研究院的演讲）

吉安物流新征程

井冈精神如明灯，吉安物流新征程。

政府引导造环境，企业勇毅向前冲。

（2023 年 7 月 15 日，在江西省吉安市干部大会上的演讲）

争当创客排头兵

有缘相聚日日顺，智慧物流时时新。

青春活力有闯劲，争当创客排头兵。

（2023 年 8 月 1 日，在 2023 第八届日日顺创客训练营"天使学"环节的致辞）

天南海北物流园

秋高气爽大草原，天南海北物流园。

各路精英议要事，高质发展奔向前。

乌兰察布交朋友

乌兰察布交朋友，大草原上话物流。

风吹草低红山口，塔拉枢纽通全球。

互学互鉴同心干

迎秋送夏好时候，天下物流齐聚首。

互学互鉴同心干，互联互通起宏图。

（2023 年 8 月 11 日，乌兰察布，在示范物流园区与国家物流枢纽高质量发展联合推进会上的致辞）

一个枢纽通二连

一个枢纽通二连，三北地区中心点。

四大产业有特色，五大经济走在前。

（2023 年 8 月 11 日，乌兰察布，在向北开放桥头堡推介会上的讲话。四大产业指马铃薯、肉羊、肉牛、旅游，五大经济指数字、枢纽、绿色低碳、循环、现代能源）

公路货运绘蓝图

杭州处暑迎金秋，公路货运绘蓝图。

盛岩会长开门红，鼓足干劲争上游。

[2023 年 8 月 24 日，杭州，在中物联公路货运分会 2023 年会长办公会（扩大）会议上的讲话]

山西物流鼓干劲

龙城朝雨浥轻尘，交通大厦气象新。

山西物流鼓干劲，追赶超越奔前程。

（2023 年 8 月 26 日，太原，在山西省物流与采购联合会第三届会员代表大会上的讲话）

城郊大仓落晋城

登上太行迎秋风，城郊大仓落晋城。

兰花集团决心大，国开金融来赋能。

（2023 年 9 月 1 日，晋城，参加晋城市城郊大仓物流基地项目可行性研究报告专家评审会有感）

燕赵大地秋风爽

燕赵大地秋风爽，物流园区聚一堂。

互联互通谋大计，协会工作新篇章。

［2023 年 9 月 12 日，石家庄，参加河北省现代物流协会物流园区（联盟）专业委员会成立大会致辞］

重情重义好兄弟

中国俩字装心中，天下物流一家亲。

重情重义好兄弟，携手并肩向前冲。

（2023 年 9 月 13 日，参加中国物流与采购联合会同中国物流集团两家冠以"中国物流"的单位的聚会有感）

中国东盟一家亲

中国东盟一家亲，两个丝路心连心。

三条通道建设好，七届论坛谋新程。

（注：两个丝路指丝绸之路经济带和 21 世纪海上丝绸之路）

（2023 年 9 月 18 日，南宁，参加第七届中国—东盟物流合作论坛致辞）

北国春城迎金秋

北国春城迎金秋，把脉问诊双枢纽。

物流体系建设好，乐见吉林起宏图。

（2023 年 9 月 20 日，长春，参加国家物流枢纽恳谈会有感）

山东物流聚一堂

齐鲁大地果飘香，山东物流聚一堂。

学习临沂好榜样，奋力续写新篇章。

（2023 年 9 月 23 日，临沂，山东省物流与采购协会年会致辞）

转换思路闯市场

相聚渝州叶正黄，时移势易细思量。

莫道物流变化快，转换思路闯市场。

［2023 年 9 月 27 日，重庆，2023（第九届）中国储运发展高峰论坛致辞］

数字经济显神功

香山红叶秋意浓，数字经济显神功。

转型升级融"双链"，物流领域当先锋。

（2023 年 10 月 19 日，北京，2023 产业链供应链数字经济大会致辞）

追梦奋斗日日顺

金秋金陵夺金牌，创新创业创未来。

追梦奋斗日日顺，强国建设育人才。

（2023 年 10 月 21 日，南京，2023 第八届日日顺创客训练营"B 轮创"环节的致辞）

枢纽海安美名扬

枢纽海安美名扬，物流天下通八方。

"四化园区"建设好，转型升级创辉煌。

（注："四化园区"指链式园区、智慧园区、国际园区、绿色园区）

（2023 年 10 月 23 日，南通，参加江苏省产业技术研究院"集萃园区行"海安专场活动有感）

以变应变争第一

高新综合物流区，创新驱动不停息。

世界风云何所惧，以变应变争第一。

（2023 年 10 月 25 日，苏州高新区物流园区评审会发言）

枢纽经济绘宏图

深秋时节访常州，滨江临港看物流。

低碳环保有特色，枢纽经济绘宏图。

（2023 年 10 月 25 日，《常州现代物流业发展规划》专家评审会发言）

创新升级做标杆

常州天众物流园，智慧绿色走在前。

干支衔接通全国，创新升级做标杆。

（2023 年 10 月 25 日，常州天众智慧物流园发展规划评审会发言）

曙光初照溧阳港

曙光初照溧阳港，产业集群基础强。

现代物流来配套，通江达海过大洋。

（2023 年 10 月 26 日，溧阳高新区新材料智慧综合物流园区评审会发言）

学习江苏好经验

七个城市九园区，四天奔波不停息。

学习江苏好经验，示范物流列第一。

（2023 年 10 月 23—26 日，江苏物流园区评审会有感）

货运枢纽加油干

两大部门真给力，三十城市都受益。

货运枢纽加油干，建设物流新体系。

（2023 年 11 月 1 日，广州，在财政部、交通运输部联合召开的综合交通枢纽建设座谈会上的发言）

重点项目建奇功

兵马未动你先行，重点项目建奇功。

转型升级再出发，大件物流新征程。

（2023 年 11 月 9 日，北京，在 2023 首届大件物流与供应链发展大会上的致辞）

装备精英聚湖州

装备精英聚湖州，智慧绿色为主流。

两山理论指方向，物流强国起宏图。

（2023 年 11 月 16 日，湖州，在吴兴高新区"数智物装·链达未来"物流装备产业发展交流会上的致辞）

江苏物流开新局

冬日暖阳聚无锡，江苏物流开新局。

园区联盟谋大事，高质发展数第一。

（2023 年 11 月 17 日，无锡，在江苏省物流园区联盟成立大会暨江苏省物流产业促进会成立两周年大会上的致辞）

两万学子齐努力

八年辛苦不寻常，创业课题四百项。

两万学子齐努力，千年大计铸辉煌。

（2023 年 11 月 19 日，无锡，在 2023 第八届日日顺创客训练营"C 轮训"上的致辞）

依靠青年创未来

新格局下育人才，转变观念思路开。

目标明确鼓干劲，依靠青年创未来。

（2023 年 11 月 19 日，无锡，在"新发展格局下我国物流业高质量发展及人才培养探讨"专题分论坛上的致辞）

精准导航指方向

北斗落户物流园，科技赋能写新篇。

精准导航指方向，高质发展喜空前。

[2023 年 11 月 19 日，无锡，在 2023 年（第二十二次）中国物流学术年会的"北斗+现代物流智能化发展专题"分论坛上的致辞]

不拘一格选人才

青年论坛搭平台，不问你从哪里来。

只要观点有创意，不拘一格选人才。

[2023 年 11 月 19 日，无锡，在 2023 年（第二十二次）中国物流学术年会青年论坛上的致辞]

运河古镇通四海

洛社古镇放异彩，太湖明珠亮起来。

物流枢纽国字号，运河古镇通四海。

（2023 年 11 月 19 日，无锡，在无锡国家物流枢纽发展论坛上的致辞）

形成新质生产力

产业变革快如风，技术突围紧追踪。

形成新质生产力，长夜过后见光明。

（2023 年 11 月 24 日，天津，在 2023 数字物流大会上的致辞）

冷链物流联万家

冷链物流联万家，食品安全你我他。

喜才研究有特色，青年才俊再出发。

（2023 年 11 月 28，为北京物资学院青年教师张喜才著作《中国生鲜农产品冷链物流断链困境及治理机制研究》所作的序）

铁路货改借东风

交通强国当先锋，现代物流做后盾。

铁路货改借东风，融入市场大流通。

（2023 年 12 月 5 日，在国铁集团现代物流培训班授课发言）

世界超市美名扬

世界超市美名扬，国际陆港航线长。

鸡毛上天传佳话，"一带一路"再辉煌。

[2023 年 12 月 8 日，义乌，在第三届中国（义乌）"一带一路"城市国际论坛上的致辞]

满怀信心奔向前

冬临黄冈不觉寒，湖北物流大盘点。

回顾展望促进会，满怀信心奔向前。

[2023 年 12 月 20 日，黄冈，在湖北（黄冈）供应链物流融合创新发展大会暨省现代物流发展促进会第二届第四次会员大会上的演讲]

冬临赤壁读东坡

冬临赤壁读东坡，大江东去感慨多。

风流人物今何在，千古绝唱留挽歌。

（2023 年 12 月 20 日，在黄冈游东坡赤壁有感）

以进促稳天地宽

河西走廊车马喧，甘肃物流过阳关。

践行新质生产力，以进促稳天地宽。

（2023 年 12 月 22 日，兰州，在 2023 甘肃省物流企业家年会上的演讲）

辞旧迎新尽开颜

三年疫情渡难关，辞旧迎新尽开颜。

以进促稳加油干，龙行虎步奔向前。

（2023 年 12 月 28 日，参加《中国物流与采购》杂志社 2023 年度工作
总结会有感）

龙凤呈祥再举杯

景杨两家结连理，朋友兄弟聚一起。

开怀畅饮同庆祝，龙凤呈祥再举杯。

（2023 年 12 月 29 日，参加好友景晓波的家庭聚会有感）

2024 年

青年学子勇争先

马帮驼队越千年，古老行当谱新篇。

物流强国接力赛，青年学子勇争先。

（2024 年 1 月 4 日，在北京交通大学为大四学生授课有感）

物联物贸紧相连

物联物贸紧相连，梦都酒家始结缘。

旧地重游忆往事，兄弟情义永流传。

（2024 年 1 月 8 日，与中铁物贸领导聚会有感）

军民携手同奋斗

将军聚会二十年，团结友谊七千天。

军民携手同奋斗，物流强国奔向前。

（2024 年 1 月 12 日，与国防大学老将军聚会有感）

饮水思源不忘本

心血浇灌物资情，协会发展守初心。

饮水思源不忘本，继往开来新征程。

（2024 年 1 月 13 日，与原物资部老部长聚会有感）

财富出版换新天

本社成立四十年，财富出版换新天。

继往开来追梦人，物流强国做贡献。

（2024 年 1 月 26 日，参加中国财富出版社新春团拜会有感）

东坡故里展新容

东坡故里展新容，千古风流眉州城。

现代物流做牵引，国际陆港全球通。

（2024 年 1 月 28 日，眉山，参加《眉山国际铁路港总体规划（修编）》评审会有感）

携手办好联合会

山河四省京津冀，物流行业好兄弟。

开怀畅饮再举杯，携手办好联合会。

（2024 年 3 月 4 日，与河北省物流协会领导聚会有感）

蓬莱仙境百花开

蓬莱仙境百花开，物流精英走上台。

烟台论剑谋新路，枢纽经济通四海。

（2024 年 3 月 28 日，烟台，参加国家物流枢纽建设推进会有感）

晋鲁走廊看临汾

清明时节访洪洞，龙马物流见精神。

流通支点建设好，晋鲁走廊看临汾。

（2024 年 4 月 5 日，临汾洪洞，参加龙马物流咨询会有感）

广元枢纽区位好

蜀道雄关美名扬，古柏珍禽翠云廊。

广元枢纽区位好，英才汇聚创辉煌。

（2024 年 4 月 13 日，参观四川广元剑阁县有感）

廊坊醒来加油干

京津走廊物流港，枢纽经济前景广。

廊坊醒来加油干，上天入海太平洋。

（2024 年 4 月 18 日，廊坊，参加现代商贸物流产业发展交流座谈会有感）

惊觉高手在民间

朝辞北京前门楼，烟花三月下扬州。

孤灯苦想才思尽，惊觉高手在民间。

（2024 年 4 月 25 日，扬州参会有感）

支点城市起宏图

公铁水空聚扬州，区位交通数一流。

自古物流集散地，支点城市起宏图。

（2024 年 4 月 25 日，扬州，参加物流枢纽建设专题会议有感）

枢纽海安通天下

产业集聚有办法，多式联运快速达。

示范园区国字号，枢纽海安通天下。

（2024 年 4 月 26 日，海安，参加国家物流枢纽经济示范区建设专题研讨会有感）

三晋大地沐春风

三晋大地沐春风，枢纽经济育新生。

山西物流加油干，后来居上强支撑。

［2024 年 5 月 6 日，太原，参加山西省物流与采购联合会三届二次理事会（扩大）会议有感］

精英初夏聚宜宾

万里长江第一城，精英初夏聚宜宾。

酒类物流谋大计，提质增效再降本。

（2024 年 5 月 10 日，宜宾，参加第二届酒类物流供应链产业年会有感）

扬州是个好地方

江河交汇水运忙，扬州是个好地方。

自古物流聚集地，支点城市再辉煌。

（2024 年 5 月 12 日，扬州，参加扬州国家现代流通战略支点城市建设暨物流业高质量发展推进会有感）

唯有奋斗大步跨

一见如故小白鲨，南湖漫步贴心话。

人生苦短难建树，唯有奋斗大步跨。

（注：小白鲨为西安一酒馆名）

（2024 年 5 月 18 日，和西安发展改革委王凯相聚有感）

高质发展创一流

参政建言争上游，服务企业往下走。

提质增效降成本，高质发展创一流。

（2024 年 5 月 20 日，郑州，参加河南省物流与采购联合会第六届会员代表大会有感）

九曲黄河万里沙

九曲黄河万里沙，现代物流是一家。

生态保护要牢记，高质发展走天涯。

（2024 年 5 月 25 日，济南，2024·服务黄河流域高质量发展研讨会致辞）

山港集团组诗

四面荷花三面柳，沿黄九省齐聚首。

共建陆海大通道，现代物流起宏图。

贺酒一斛畅联通，登临送贝五洲行。

才别铁龙绝尘去，好风悬帆送远篷。

好风悬帆送远篷，高山流水遇知音。

趵突泉水深千尺，不及诗友对我情。

黄河远上白云间，物畅其流陆海天。

天涯地角成坦途，风卷红旗过大关。

锵锵驱驰归帝都，一片冰心在玉壶。

直挂云帆济沧海，风卷红旗如画图。

（2024 年 5 月 25—26 日，于泉城济南和诗友李奉利）

铁路物流是一家

铁路物流是一家，合资合作潜力大。

提质增效降成本，共推中国现代化。

（2024 年 6 月 12 日，北京，国铁集团路企合作座谈会感言）

东方门户连云港

东方门户连云港，亚欧大陆新走廊。

如今续写西游记，数智赋能再辉煌。

（2024 年 6 月 14 日，连云港，降低全社会物流成本专题研讨会致辞）

现代物流盼人才

港城炎夏登云台，现代物流盼人才。

今日欢呼孙大圣，火眼金睛向未来。

（2024 年 6 月 14 日，连云港，参观花果山水帘洞有感）

强邮论坛汇精英

强邮论坛汇精英，虎踞龙盘测风云。

数智赋能降成本，提质增效新征程。

（2024 年 6 月 15 日，南京，"强邮论坛"致辞）

风过泸州带酒香

风过泸州带酒香，货到川港流八方。

现代物流舒"筋络"，枢纽经济高质量。

（2024 年 6 月 17 日，北京，中国人民大学泸州班讲课）

数智赋能天地宽

车多货少行业卷，数智赋能天地宽。

发展新质生产力，携手同行渡难关。

（2024 年 6 月 21 日，天津，G7 易流 G 家小酒馆沙龙致辞）

节能环保万里行

公路运力要创新，提质增效降成本。

产业融合供应链，节能环保万里行。

（2024 年 6 月 28 日，石家庄公路运力创新沙龙致辞）

中原大地起风雷

中原大地起风雷，物流精英来聚会。

设备换新好政策，快马加鞭虎添翼。

（2024 年 7 月 3 日，郑州，2024 中国郑州物流博览会致辞）

八仙过海烟台山

七月流火数伏天，八仙过海烟台山。

精英汇聚谋大计，整车物流写新篇。

（2024 年 7 月 16 日，烟台，2024 汽车整车物流发展大会致辞）

东方物流二十年

东方物流二十年，负重前行不简单。

新的征程再奋起，扬帆出海写新篇。

（2024 年 8 月 3 日，自贡，在"物流企业'扬帆出海'发展座谈会议暨四川东方物流集团有限公司成立二十周年活动"上的致辞）

千年盐都放异彩

千年盐都放异彩，现代物流到前台。

扬帆远航眼朝外，枢纽经济新花开。

（2024 年 8 月 3 日，自贡，参加推动现代物流提质增效降本奋力打造区域性物流中心座谈会有感）

登岛赛过活神仙

耕海一号在岸边，海上牧场家门前。

远望美景人间造，登岛赛过活神仙。

（2024 年 8 月 8 日，烟台，参观山东海洋集团耕海一号人工岛有感）

长久物流要远航

立秋时节硕果香，长久物流要远航。

劈波斩浪通全球，"中国制造"送八方。

（2024 年 8 月 9 日，烟台，在长久物流"久洋隆"轮 6200 车滚装船命名暨首航仪式上的致辞）

五湖四海聚暖城

五湖四海聚暖城，七嘴八舌话提升。

优化全程供应链，枢纽经济放光明。

〔2024 年 8 月 23 日，鄂尔多斯，参加 2024 年（第 21 次）全国物流园区工作年会暨国家物流枢纽建设联合推进会有感〕

精英聚会沂蒙山

秋高气爽艳阳天，精英聚会沂蒙山。

共同探寻物流道，联手生态写新篇。

（2024 年 8 月 24 日，临沂，在物联科技生态发展大会上的致辞）

科技精英汇一堂

金秋九月丰收忙，科技精英汇一堂。

聚焦新质生产力，创新赋能再辉煌。

（2024 年 9 月 4 日，合肥，在 2024 现代物流科技创新与枢纽经济发展大会上的致辞）

枢纽经济全球通

超大市场做后盾，现代物流当先锋。

协同发展闯新路，枢纽经济全球通。

（2024年9月7日，北京，在第五届京津冀物流节暨首届菜篮子丰收节上的致辞）

八方协同向北斗

八方协同向北斗，四面发力为物流。

聚焦新质生产力，转型升级起宏图。

（2024年9月13日，临沂，参加北斗智能调度应用示范项目推进会有感）

长寿湖畔度深秋

长寿湖畔度深秋，公铁水空助物流。

多式联运新赛道，枢纽经济起宏图。

（2024年10月18日，重庆市长寿区，参加开放经济专题讲座第五期有感）

川北咽喉剑门关

层林尽染翠云廊，物流精英聚一堂。

战略腹地新机遇，枢纽经济创辉煌。

川北咽喉剑门关，如今蜀道不再难。

物流枢纽建设好，货畅其流在广元。

剑门关前话物流，嘉陵江边交朋友。

难忘今宵欢乐夜，携手并肩写春秋。

［2024 年 10 月 25 日，广元，2024 中国（广元）物流产业发展大会致辞］

风起云涌两千天

长生不老射阳县，风起云涌两千天。

破旧立新游子吟，浪遏飞舟冲向前。

（2024 年 10 月 30 日，为江苏省射阳县原发展改革委主任尤国勋新书《长风破浪——一个县发改委主任的 2000 天》首发式而作）

平安中国稳步行

百年变局不太平，居安思危敲警钟。

应急物流准备好，平安中国稳步行。

[2024 年 11 月 4 日，上海，第十二届军事（应急）物流研讨会致辞]

强链补链政策好

货运枢纽综合化，点线链网全靠它。

强链补链政策好，延续优化再出发。

（2024 年 11 月 12 日，西安，综合交通枢纽建设现场会致辞）

学术年会二十三

学术年会二十三，守正创新不简单。

长江后浪推前浪，继往开来谱新篇。

（2024 年 11 月 15 日，廊坊，第二十三届中国物流学术年会讲话）

春华秋实十年整

春华秋实十年整，青年论坛成果丰。

老夫喜作黄昏颂，物流强国赖后生。

（2024 年 11 月 16 日，为中国物流学术年会青年论坛十周年而作）

一代新人在成长

十年奋斗不寻常，一代新人在成长。

前辈物流强国梦，青年才俊做栋梁。

（2024 年 11 月 17 日，为中国物流学术年会青年论坛十周年而作）

物流强国做栋梁

青年一代有理想，专业选择肯担当。

铁路货运新赛道，物流强国做栋梁。

（2024 年 11 月 28 日，为给石家庄铁道大学学生讲课而作）

数字驱动新途径

齐聚津门议韧性，数字驱动新途径。

现代物流破内卷，提质增效降成本。

（2024 年 11 月 29 日，天津，2024 数字物流大会致辞，大会以"韧性·反卷"为主题）

有色金属不可缺

有色金属不可缺，贸易物流是"筋络"。

分会成立正当时，生产流通要融合。

[2024 年 12 月 6 日，上海，在 2024 年（首届）中国有色金属行业贸易物流高质量发展论坛上的致辞]

物流枢纽有担当

燕赵大地拥四港，物流枢纽有担当。

立足深耕京津冀，服务全国做榜样。

（2024 年 12 月 10 日，在河北省物流枢纽会上的致辞）

铁路货改当先锋

物流降本借东风，铁路货改当先锋。

多式联运新赛道，时来运转建奇功。

（2024 年 12 月 12 日，上海，在长三角多式联运高质量发展论坛暨上海市交通运输行业协会多式联运分会会员大会上的致辞）

公路货运好后勤

分会创立十年整，公路货运好后勤。

提质增效反内卷，转型升级当先锋。

（2024 年 12 月 13 日，上海，在有效降低全社会物流成本交流会暨 2024 年第八届货运物流行业年会上的致辞）

人工智能新赛道

丝绸之路穿古今，传统物流要提升。

人工智能新赛道，数智转型显神通。

（2024 年 12 月 19 日，天津，在人工智能应用创新论坛上的致辞）

流通走廊连晋鲁

流通走廊连晋鲁，两省兄弟手牵手。

协同打造供应链，泰山太行起宏图。

（2024 年 12 月 20 日，太原，参加晋鲁大宗商品骨干流通走廊合作共建大会有感）

宁波物流条件好

港通天下大枢纽，书藏古今有春秋。

宁波物流条件好，降本增效立潮头。

（2024 年 12 月 25 日，宁波，参加物流会议有感）

物流枢纽新福建

海上丝路老起点，物流枢纽新福建。

陆海统筹做文章，降本增效走在前。

（2024 年 12 月 27 日，福州，参加物流会议有感）

人生感悟

走过人生七十春，世道沧桑观风景。

深情回望来时路，无怨无悔夕照明。

（2024 年 12 月 16 日）

后　记

2024 年 12 月 16 日，中国物流与采购联合会第七次会员代表大会在安徽合肥召开。在这次大会上，我辞去了担任两届、12 年的副会长职务。新一届领导班子授予我和何黎明会长特别贡献奖，对我们 20 多年来所做的工作给予高度评价。

《中国物流与采购联合会授予特别贡献奖的报告》指出：贺登才同志在中国物流与采购联合会工作 20 多年来，先后担任研究室主任、副秘书长、副会长，中国物流学会执行副会长、秘书长，全国现代物流工作部际联席会议联络员、办公室成员、专家委员会主任，"十四五"国家发展规划专家委员会委员等职。他先后参与了国务院三个物流规划及中办、国办相关文件的研究起草工作，主导起草了 100 多项政策建议报告，为推动我国物流学术体系、政策体系的完善以及物流营商环境的改善等做出了突出贡献，并取得了显著成绩。为表彰何黎明、贺登才同志在推动物流行业发展中的突出贡献，建议第七届理事会授予何黎明、贺登才同志"中国物流行业特别贡献奖"。

我来北京工作马上接近 27 个年头，联合会成立也即将迎来 25 周年。作为参与联合会工作的一员，能够获得如此高的评价，我倍感欣慰。这些成绩既源于 20 多年的不懈努力，也离不开前 30 多年的铺垫和积累。我到北京工作以来的点滴成果，已收录在《物流三部曲》中。如果从 1966 年进入澡堂做临时工算起，我的职业生涯已接近一个甲子，《耕耘三部曲》是对前半段工作生活的回顾与总结。两个"三部曲"基本概括了我一生的经历，也可算作留给后人评说的自传体素材。

相较后 20 多年，前 30 多年的文字虽显稚嫩，但也值得回味。在整理资料的过程中，我不由得想起在澡堂、生产队、县木材公司劳动时工友们、农友们的淳朴感情和无私帮助；想起在地区木材公司、地区物资局和省物资厅工作时领导和同志们对我的感染、熏陶和大力支持。这些经历让我受益匪浅。我深知，我的成就离不开家人的支持，特别是我的夫人，50 多年来不离不弃，与我相濡以沫。正是因为有了大家的支持、帮助和陪伴，我才能取得这么高的成就，也才有了两个"三部曲"的问世。

值此成书之际，我要感谢这个伟大的时代，感谢我们所服务的行业，感谢所有给予我支持、帮助和鼓励的人。